Stori arall am Den y Deinosor:

Another story about Den the Dinosaur

Doedd y bwlis ddim yn gallu dod o hyd iddyn nhw yn unman.
Roedden nhw'n wyllt gacwn!

The bullies couldn't find them anywhere.
They were very, very cross!

Ond cyrhaeddodd Den a'i ffrindiau
cyn y bwlis a chuddio rhwng y coed.

But Den and his friends got back
before the bullies and hid
amongst the trees.

"Y tu ôl i chi!" chwarddodd y bwlis,
a rhedeg ar ôl Den a'i ffrindiau yr holl ffordd adref.

"Behind you!" laughed the bullies,
and they chased Den and his friends
all the way home.

Roedd **llanast ofnadwy** y tu allan i'r dyffryn bach cudd!

"Mae'r bwlis mawr wedi gadael heb ddweud diolch yn fawr, hyd yn oed,"
meddai Den. "Tybed ble maen nhw?"

What a dreadful mess they found outside the hidden valley!
"Those big bullies have left without even saying thank you,"
said Den. "I wonder where they are?"

Ond un bore, pan ddihunodd Den,
roedd yr haul yn disgleirio unwaith eto!

"Hwrê!" gwaeddodd y deinosoriaid.
"Nawr fe fydd yr eira'n toddi
ac fe allwn ni i gyd fynd adref!"

But one morning when Den woke up, the sun was shining again!

"Hooray," shouted the dinosaurs. "Now the snow will melt and we can all go home!"

Doedd yr haul ddim i'w weld am amser maith.
"Efallai y bydd hi'n nos am byth ..."
meddyliodd Den.

The sun stayed hidden for a long, long time.
"Maybe it will be night for ever ..."
thought Den.

Roedd y bwlis mawr cas wedi dilyn olion eu traed.
"Beth amdanon ni?" llefon nhw.
"Fe fyddwn ni'n llwgu allan fan hyn!"

The bullies had followed their tracks.
"What about us!" they cried.
"We will starve out here!"

Roedd digon o fwyd yn y dyffryn bach cudd,
felly rhannodd Den a'i ffrindiau bopeth â'r bwlis.

There was plenty of food
in the hidden valley, so Den and his
friends shared it with the bullies.

Roedd hi mor braf cael bod yn gynnes unwaith eto!

It was wonderful to be warm again!

O'r diwedd daeth o hyd i'r bwlch yn y creigiau a gwasgodd **pawb** drwyddo.

At last, he found the gap in the rocks and they all squeezed through.

Ond roedd pob man yn edrych yn wahanol o dan flanced wen o eira.
"Os na ddown ni o hyd i'r dyffryn bach cudd cyn hir, fe fyddwn ni i gyd yn rhewi i farwolaeth!" meddyliodd Den.

But everything looked different under a covering of snow.
"If I don't find the hidden valley soon, we shall all freeze to death!" thought Den.

Cofiodd Den yn sydyn am y dyffryn bach cudd.
"Dilynwch fi," meddai. "Dwi'n gwybod am fan lle gallwn ni gynhesu."

Then Den suddenly remembered the hidden valley.
"Follow me," he said. "I know a place where we can get warm."

Ac yna dechreuodd hi fwrw eira!
Doedd Den a'i ffrindiau erioed wedi gweld
eira o'r blaen.
"Fyddwn ni byth yn gynnes eto?"
crynodd y deinosoriaid.

And then it began to snow!
Den and his friends had never
seen snow before.
"Will we ever be warm again?"
shivered the dinosaurs.

Erbyn y bore, roedd y cymylau o ludw mor drwchus fel y diflannodd yr haul.

Aeth yr awyr yn oerach ac yn oerach ac yn oerach . . .

By morning, the clouds of ash were so thick they blotted out the sun.
The air grew colder and colder and colder . . .

Aeth yr awyr yn dywyllach ac yn dywyllach.
Roedd Den yn ofnus dros ben.

The sky got darker and darker.
Den was very frightened.

Hedfanodd Den adref nerth ei adenydd!
Ffrwydrodd y mynyddoedd o'i gwmpas yn gymylau o dân a lludw.

Den flew home as fast as he could!
The mountains all around him blew out clouds of fire and ash.

Ond doedd hi ddim yn oer o gwbl.
Roedd craciau mawr yn llawr yr ogof
a gallai Den weld tân!
Yn sydyn, daeth twrw mawr o'r ddaear
a dechreuodd ysgwyd …

But it wasn't cool at all.
There were big cracks
in the floor of the cave
and Den could see fire!
Suddenly, the ground
began to rumble
and shake …

. . . ac roedd y dŵr yn y pwll yn gynnes, hefyd.

Gwelodd Den ogof. "Fe ddylai fod yn hyfryd o oer ynddi," meddyliodd.

. . . and the water in the pool was warm, too!
Den saw a cave. "It should be lovely and cool in there," he thought.

Roedd Den wedi dod o hyd i ddyffryn bach cudd.
Roedd digon o gysgod yno, ond roedd yr awyr
yn boeth a chlòs …

Den had discovered a hidden valley.
There was plenty of shade, but the
air felt hot and steamy …

Yna daeth o hyd i fwlch yn y creigiau.

Then he found a narrow
gap in the rocks.

Roedd y bwlis yn rhy fawr i wasgu i mewn ar ei ôl.

The bullies were too big to
squeeze through after him.

Roedd Den yn methu gweld unrhyw le i guddio.

Den couldn't see anywhere to hide.

"Gan bwyll, ie?" chwarddodd y mwyaf o'r bwlis cas.
"Fe gawn ni weld am hynny!"

A dyma nhw'n dechrau rhedeg fel y gwynt ar ôl Den.
Rhedodd Den allan o'r cysgod i'r haul crasboeth.

"Cool, eh?" laughed the
biggest of the bullies. "We'll see about that!"
And they chased Den out of the shade
into the hot glare of the sun.

"Gadewch lonydd i ni, y bwlis mawr cas!"
meddai ffrindiau Den.

"Hei, gan bwyll nawr," meddai Den.
"Dydyn ni ddim eisiau helynt."

"Leave us alone, you big bullies!"
said Den's friends.

"Hey, keep cool," said Den.
"We don't want any trouble."

Roedd hi'n ddiwrnod poeth iawn.
Roedd Den a'i ffrindiau'n ceisio cadw'n oer yn y pwll.

Ond yna daeth deinosoriaid mawr
a difetha'r hwyl i gyd.

It was a very hot day. Den and his friends were trying to keep cool.
Then some bigger dinosaurs turned up and spoiled the fun.

Trychineb i'r Deinosoriaid!

Dinosaur Disaster

Benedict Blathwayt

Trosiad gan Elin Meek

DREF WEN

I Georgia ac Imogen

Cyhoeddwyd gyntaf yn Saesneg yn 2010
gan Red Fox,
adran o Random House Children's Books,
61-63 Uxbridge Road, Llundain W5 5SA
dan y teitl *Dinosaur Disaster*.

Y cyhoeddiad Cymraeg © 2010 Dref Wen Cyf.

Cyhoeddwyd yn Gymraeg yn 2010
gan Wasg y Dref Wen,
28 Ffordd yr Eglwys, Yr Eglwys Newydd,
Caerdydd CF14 2EA, Ffôn 029 20617860.

Argraffwyd yn China.

Trychineb i'r Deinosoriaid!

Dinosaur Disaster